エアリアル

aerial

予感

予感をデザインしよう
それは未来の予行演習
わくわくするもののあるほうへ
まだ見ぬ誰かと門をくぐること
そのときめき
その匂い

予感をデザインしよう
それは街の操縦訓練
新しい季節の魔法に人が華やぐ
それをあなたが仕組むこと
その誘惑
その匂い

予感をデザインしよう
それは心の反応検査
階段をかけのぼるうれしさを
指差確認するような朝のひと言
その確かさ
その匂い

はなす

はなしてごらん
しまってあるものを
言うのではなく
喋るのでもなく
はなしてごらん
はなしていないことを

自由にしてあげなさい
はなしていないことを
あなた自身も

はなしてみなさい
小川に小舟を浮かべるように

怪我の直ったひよどりを
子供の手を
蝉を
恋人を

それは遠くからあなたを懐かしく思い出す
青空に消えた風船みたいに

あなたはわたしをはなしてくれた
だからわたしも
あなたをはなしてあげよう

美人島

俺は鬼
男を平らげ
ほとんどの女と子供を喰った
小さな島のきれいな女どもの話だ

男は尻から
女は乳房と腹から喰う
子供は骨ばかりで好かん
電柱に干して酒のあてだ
この島では誰も笑わぬが無理もなかろう
ここでは赤ん坊も低い声で話す

きれいな女は残した

朝の光のもとで女を見るために
俺は眠ることを止めた
だが寝床には行かなかった
どんなものも
きれいであるばかりではないからな
多くは年老いて醜くなるが
中にはいつまでも
わるくならん女もいる

女が舟を結う
女が大根を抜く
女が魚を干す
女が鹿をおろす

舟をこぎ
孕みにでかける女ども
風に交じり

月の光をさえぎらぬよう
三日もあけず
舟をこぐ

満月が手術台のように明るい夜
俺は女どもに喰われた
子供は目玉を欲しがった
鬼を喰った女どもは
ことさらに妖しく
艶かしい

砂は悲しげ
月は何度もまばたきをしたが
風は女の髪に撫でられ

まんざらでもない
それからは潮が強くなった

この島に男は住まない
醜い女もいない
いまでも夜更けには舟が行き来している

その島の名は、美人島。

階段理論

図のように「問い」と「答え」とが階段状に繰り返され、物事のレベルが上がっていくというのが理想だ。「問い」は高度を稼ぎ、「答え」は新たな足場を提供する。この図は、アートとデザインの違いを説明するために、筆者が考案したものである。「問い」はアートに、「答え」はデザインに、それぞれ対応する。

アートとは作品である。人間は作品というものを作るのである。作品には人格が宿ると考えられており、個人名が署名され、それは尊重されることになっている。作品の尊重の度合いは、その国における個人の尊重の度合いに比例する。

作品は、鑑賞という行為といわばセットである。鑑賞とは向き合うことであり、それはアートが提供できるものの本質だ。鑑賞が成立したという

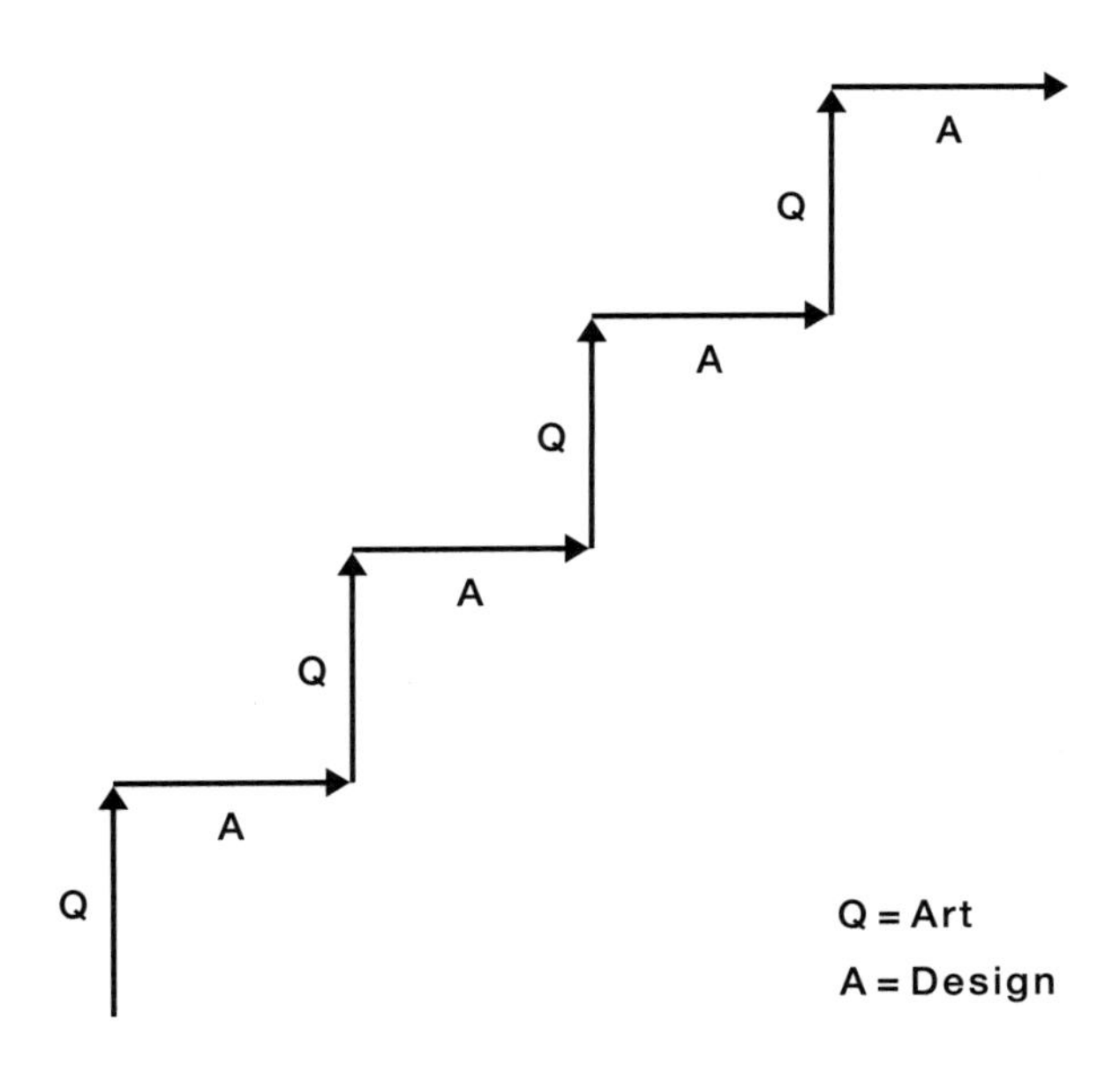
Q
A
Q
A
Q
A
Q
A
Q = Art
A = Design

ことは、その瞬間作者と鑑賞者の間に世界観の共有が何かしら生じたということである。作品化された世界観は現実世界との乖離があり、その乖離が「問い」のように表明されるのである。そこにアートの世界観産業としての意義がある。

デザインも作品だ。個人名も署名される。アートと異なるのは、「問い」と「答え」を内包したパッケージになっていること、そしてその評価は鑑賞という観点からは語られないところだろう。評価の重心はやはり「答え」にある。たとえば、機能やマーケタビリティや面白味から評価される。また問題解決の手際が評価されたりする。デザインの評価基準は、社会の共通認識が時代ごとに提供するものだ。

結局のところデザインは、社会の現状維持に貢献し、隠されたステレオタイプの具体化を美的に行う行為である。またそのことを通じて、社会に現状の消化を促し、次の「問い」の培地を整える重要な回路である。

翻って詩とはなんだろうか。作品であり、鑑賞の対象であるから、アートの一分野であろうか。デザインとの比較で言えば、コピーライティングとの対比が思い浮かぶ。

しかし、それは交通整理というものだ。我々は詩の言葉そのものから感知される、詩でない言葉との違いをどうもうまく説明できない。

寿命スワップ

癌の根本治療
高血圧の予防医療
もちろん、そのほかも

遺伝子レベルの治療による
難病への対策が
遠くない将来に確立される

平均寿命は男女ともに１１０歳
事故死、事件死、自殺以外はほぼ老衰
最長寿で１３５歳

テロメラーゼ欠損に対処する

細胞温存技術が確立されて
今でいう60代の体力が
100歳まで保たれるようになる

十分に活動的なまま一生をおくれる
労働可能年齢が100歳を越すこととなり
少子高齢化に社会経済的な問題がなくなる

一方で
子供を持つためには
総寿命利用の医療オプションを
50歳の時点で放棄する必要がある
この時点で結婚するカップルも多い
寿命スワップと呼ばれる

子供を持つ場合は
80歳くらいに

男の方がすこし早く
死んでいく
70代になると完全な老人の姿になっている

「おとうさん。
あいのしんを生んでくれてありがとうね。
でもあいちゃんは
赤ちゃんはいらない。
死にたくないから」

「おとうさんは、死んでもいいんだよ。
兄弟の中で、誰かが子供を作ってくれたらいいね。
みんなで可愛がるんだよ」

たたかいごっこ

おとうさん

へびがいてね
つるがいてね

つるはへびなんだよ
黄色いの

かまきりがね
へびとたたかったんだよ
かまでね
へびをきっちゃったんだよ

それを、つるがたべちゃったよ

まずいって

つるは
とりだよ

かまきりも
とぶからとりだよ

おとうさん

なんで

なんで？
おかあさん。

なんで小惑星と地球がぶつかるの。

どうして？

じゃあ、あいのしんは？
あいのしんも地球とぶつかるの？

あやめちゃん、

小惑星。
小学生じゃないよ。

詩人

すぐに書ける
まねでもいいじゃない
通り過ぎる言葉の
袖口をちょっと引っ張ればいいのさ

かどで待ち伏せしてたら
うしろから肩をたたかれるよ
怖い言葉たちに

そしたら道をあけてやりなさい
あふれるように
ことばが躍り出て
風景は変わる

詩人は
はじめてのおつかいから
帰ってこなかった子だ

びのこづさいぼー

えだわかれする
じゅけいずの
ねもとの
そのさき
いきてるものと
しんでるものの
くべつがつかない
おおきさも
じゅみょうもない
さいぼうのせかい

はにかんで　ものかげに　かくれたり
どうどうと　こわいかおで　はなしたり

いつでも　だれかを　おもったり
あるいたり　わらったり

びのこづの
でぃーえぬえーに
おおわれて
いきてるものも
しんでるものも
ふしぎなせいかつを
いとなむ

それらがみな
きょうは　わになって
おどっているよ

隣人たち

小学生の頃
妖精の足跡を採集したことがある。
マンガに、方法が書いてあった。
なるべく大きな古い木の根元に
砂山を作る。
30センチくらい。
そのてっぺんを平らに
富士山みたいにして
そこに小さな鏡を埋める。
妖精が登って行きやすいように
小石や木の破片で階段を作る。
できたら立ち去る。
絶対に振り返ってはいけない。

なにかおまじないがあったかもしれない。
私はさっそく
小学校の古いイチョウの木で試した。
翌朝、確かめに行って見ると
小さな足跡のような痕跡が確かにあった。
階段と
てっぺんに
大勢の妖精が歩いたような跡。

世界が二重に感じられるような浮揚感があってとまどった。
結局、誰にも話さずに砂山をこわしたと思う。

われわれは子供のころ
空想と現実が結びついた生活をしていた。
たくさんの意味に囲まれた生活をしていた。
それは、物音のようにそこら中に散らばっていた。
意味とは生命だ。

人間は、生命に囲まれていないとおかしくなる。

アートのコンセプトを考えようとして、次のように書いた。

「われわれとしては
コミュニティの一員として
その存在が受け入れられるような
アート整備をしたいと思います。
昔は妖怪のようなもの
妖精のようなものも
隣人であったでしょう。
ｎＬＤＫに代表されるように
われわれはモデル化しながらの仕事に慣れすぎました。
そのとき最初に消えてしまうのが
想像の世界に、普通に住んでいた「隣人」だったと思います。
六本木みたいな商業空間には居られないその隣人たちも
緑に囲まれた柏の葉なら居られるし

居てほしいものだと思います。
美しかったり
醜かったり
恐ろしかったり
可笑しかったり。
どんなに変わった隣人たちも
ここに住む人たちの
心の多様さに比べれば知れたものだと思う。
あるいは
アートとして表出してくるものの中にしか
人間の多様さに釣り合うものは
出てこないだろうと思います。
そのような多様な隣人は
表向きは何の役にもたたないでしょう。
ただ
いるだけです。
しかし、その多様な存在を日々感じながら暮らすことは

まちの寛容さに
暮らしやすさに
つながっていく気がします。」

そして、日常がある。
城壁に囲まれたような
このまちの開発においては
行き来を遮断しないように周辺と交わりを作ることが大切なのは確かだ。
住む人、働く人、病気と戦う人、学び研究する人、いろいろな人が行き来する。
それらすべてが隣人。
良いコミュニティができるかどうかはわからない。
それが望まれているのかどうかも微妙だ。
ただ、隣人に関心を失うことなく気軽に関わり
考えの違いを楽しみ
軽く会釈するだけの人が大勢いるようなまちにはなってほしいと思う。
アートの活動は

そのような隣人を増やせるだろうか。

ヤドリギの木の下で
すれちがった男女は
くちづけしなければならないそうだ。
おおきなトネリコの木の股をくぐると
仲直りができる。

子供のころは
「とーもーちゃん、あーそーぼー」
「あーとーでー」
と玄関先で歌い交わした。

それはもう聞かれなくても
トネリコを植えよう。

良い工場、良い製品

電車ですぐの
隣の町の
よく片付いた工場で
ベテランの工員が
慣れ親しんだ機械でつくるもの

いつものように
これからもずっとあるように
良い製品は、良い工場から生まれる

JLV

あたまのかたちだ
あたまのかたちが歩いている人だった
笑う骸骨

瀬戸内の防波堤では
月で靴下を拾うように
かがんでいた

北千住の串揚げ屋では
ヘリコプターの話をしていた
若くて結婚した頃
お城に住んで
週末ごとに親類がヘリコプターで集まった

それが嫌だったと

横浜では古いビルのなかに星空をつくっていた
月面で靴下を拾うようにかがんで
板に穴を開けていた

Ｔｉｍｅ Ｓｃｉｅｎｃｅ
時間は平等に流れることの微笑み
取引ではない生き方

台湾のホテルで
深い眼窩から
小さなＪＬＶが
ぞろぞろと這い出してくる
無数のあたまのかたちが
街をめざす

なぜ
なぜ笑わないのかと
いいたげに

ネオテニー

全体と部分
その
スペクトラム

全体のない部分
は全体

声のない舌
目のない光
言葉のない意味

部分が
完成する

星のように

おとなのないこども
雑踏の時間が
素通りしていく
まちぼうけのこども

むすぶ

結んでごらん
手を使わず
目の中で
耳を使って
口はつぐんで

結んでみなさい
今このときを
永遠に盗まれぬよう

結びなさい　誰かと
今このときを
いる　ということが

いた　ということと
変わらぬように

嵐が来る
低い雲がおおう
稲妻が大地と結ぶ

夜が来る
家族の空に
恋人の息に
はじまりの眩しさを忘れる
終わりの優しさ

鳥

朝から
うんこが
三回目
もっと
もっと
と
鳥がいう

初出一覧

予感	未発表 2012年頃
はなす	CHAUMET コレクション・ショーのための詩 2012年
美人島	かごしま文化情報センター オープニングコンテンツのための詩 2013年 Photo: Eiko Shimozono / Model: Satoko Kojima
階段理論	季刊「流行色」2012年 冬号
寿命スワップ	未発表 2009年頃
たたかいごっこ	未発表 2011年頃
なんで	未発表 2011年頃
詩人	ポエカード 2012年
びのこづさいぽー	ggg企画展「びのこづさいぽー：ひびのこづえ＋「にほんごであそぼ」のしごと」2014年
隣人たち	柏の葉キャンパスシティのための企画書 2007年頃
良い工場、良い製品	MUJI × 典型「良い工場 良い製品」展 2011年 photo: Yutaka Suzuki
JLV	ジャン＝リュック・ヴィルムートへの追悼詩 2015年
ネオテニー	スパイラル企画展「スペクトラムファイル16 竹島智子」2016年
むすぶ	CHAUMET コレクション・ショーのための詩 2012年
鳥	未発表 2015年

『エアリアル』
2016年5月15日 初版第一刷

著　者　松田朋春
装　幀　則武 弥（ペーパーバック）
発行人　マツザキヨシユキ
発　行　ポエムピース
　　　　東京都杉並区高円寺南 4-26-5 YSビル3階
　　　　〒166-0003
電　話　03-5913-9172　FAX　03-5913-8011
印刷・製本　株式会社上野印刷所
ISBN 978-4-9907604-7-2 C0095